阿比

牛弟

依依

國家圖書館出版品預行編目資料

小刀萬歲 / 史玉琪著;王平,馮艷繪. －－初版一刷.－
－臺北市：三民，2009
面； 公分.－－(兒童文學叢書 / 我的蟲蟲寶貝)

ISBN 978-957-14-5285-2 （精裝）

859.6   98020556

© 小刀萬歲

著 作 人	史玉琪
繪 者	王 平　馮 艷
責任編輯	李玉霜
美術設計	陳健茹
發 行 人	劉振強
著作財產權人	三民書局股份有限公司
發 行 所	三民書局股份有限公司
	地址　臺北市復興北路386號
	電話　(02)25006600
	郵撥帳號　0009998-5
門 市 部	(復北店) 臺北市復興北路386號
	(重南店) 臺北市重慶南路一段61號
出版日期	初版一刷　2009年11月
編 號	S 857341

行政院新聞局登記證局版臺業字第○二○○號

有著作權·不准侵害

ISBN　978-957-14-5285-2　（精裝）

http://www.sanmin.com.tw　三民網路書店

比 躲貓貓 好玩一千倍

如果出一個測驗題：

> 讀完這個故事，你覺得什麼題目最貼切？
>
> □人不可貌相　□小兵立大功　□天生我材必有用　□水能載舟亦能覆舟　你選哪一個？

　　放心啦，這個問題沒有標準答案，也可以多重複選，但是編者希望我們說故事的人，能夠在故事與讀者之間，再多說點什麼，所以這篇「作者的話」的任務，就像是把編織毛衣的過程裡，接了幾次線頭的地方，扯出來，鉤幾朵花，讓大家增添更多一些讀故事的趣味。

第一條線頭 銳利的個性，是兩面刃

　　這篇故事本來想從「擁抱」開始，試想看看，如果螳螂小刀一出場，亮出牠的兩把刀，見到任何人都想擁抱，見到小瓢蟲一抱，就把牠的漂亮甲殼刮花了，這不打緊，見到毛毛蟲一抱，毛毛蟲就斷成了兩截，那多可怕！故事按照這樣寫下去，第三頁開始，就沒有同伴可以發展情節了。

　　故事本來想從「擁抱」說到「想要表達對別人好，應該用對方能夠接受的方式；想要表達自己的感受，也應該體諒到別人的感受」。我認為這是很重要的一件事情，所以想把它編織進故事裡，讓讀者能夠體會。但是讓「熱情的螳螂小刀」變成了「屠夫小刀」，這，這，這……。

　　為什麼我會認為表達是很重要的一件事情呢？尤其是有「像刀一樣，銳利個性的人」。銳利個性的人，反應通常很快，很聰明、很機靈，他雖然理解快，但可不一定每次都對；在團體裡，銳利的人會顯得很突出，但不一定受人喜愛，因為他「太利」了，人們往往有點怕他，寧願「保持距離，以策安全」。這可怎麼辦？敏感的人反而容易受傷害。

　　故事裡螳螂小刀的「刀」，就是這個情態的隱喻，使用不慎，它會傷人，使用得當，它可以幫忙解決很多事情。「刀」的本身是沒有好與壞的，善用它，就能製造生活中許多方便、許多驚喜，結交許多朋友，幫助許多人。

i

第二條線頭 誤會的源頭，把我的想法強加在他人身上

　　所有的動物小時候都很可愛，據說這是上帝的「詭計」，造物主把幼小的動物設計成很可愛，就會有人去照養牠們，讓牠們順利長大。所以小獅子很可愛，小老虎很可愛，小犀牛很可愛，小鴨子很可愛，小鱷魚很可愛，小兀鷹也很可愛。

　　故事裡螳螂小刀小時候很可愛，「三角臉，小鐮刀，翹屁股，小綠袍。」但慢慢長大，同伴們開始嫌惡他的長相：「眼睛那麼大，眼珠卻那麼小，下巴那麼尖，而且都不笑。」於是，兒時的玩伴不跟小螳螂玩了。

　　我私底下訪問過小瓢蟲，問牠對於「長得好看的定義」。牠描述出來的，就像牠自己的長相。於是我又訪問了毛毛蟲，毛毛蟲認為「光滑又柔軟的身體，讓人看了就很舒服……有各種鋼毛的身體，根本是蠻夷之流」，什麼是美？什麼是棒？什麼是成功？什麼是優秀？……這一連串的問題，都像「什麼叫做長得好看」一樣，是見仁見智的說法。如果硬是要把自己的觀念，加在別人的頭上，要別人也這樣認同，或者去衡量別人、要求別人，後果不難想像。

　　在故事裡，與其說「長相」造成了誤會，「鐮刀」造成了誤會，「蜈蚣的鞋子」造成了誤會，不如說，是「硬要用我的想法來看待世界」造成了誤會和衝突吧。

第三條線頭 耐人尋味的「知己故事」

　　編輯大人曾經問我，故事的結尾，為什麼不用螳螂小刀當慶生會的主角？我想了好久，誰說「故事裡的主角」也一定是「生活裡的主角」？什麼是生活裡的主角？例如一個慶生會上，壽星當然就是主角；一個班級裡，品學兼優的班長可能就是主角；一個運動競賽中，冠軍一定會成為主角。

　　後來，我在電影劇本的分類中，找到有一種劇本叫做「知己故事」，意思就是劇情的高潮和重要關鍵，不是著力在主角身上，而是配角，這個配角通常是主角的好友知己，或者和主角有一定分量的互動。

　　這個「發現」讓我很高興，因為，我向來喜歡「生活裡的配角」，更準確的說，每個人都有一些耐人尋味的故事，無論他有沒有被聚光燈照耀、有沒有被星探拱上了舞臺，每個簡單的小人物、小角色，都有故事可說，唯其如此，才突顯了可歌可泣的英雄故事，匯集成了萬變不離其宗的生命故事。怎麼樣信心十足的說自己簡簡單單的小故事呢？那就是「認識自己的心」！它是比躲貓貓好玩一千倍的遊戲呢，認識自己的心，做自己的知己，撰寫自己的生命劇本吧。

小刀萬歲

史玉琪 著　　王平・馮艷 繪

三民書局

小螢螂小刀剛來到公園的時候，
大家都覺得他好可愛。

每次他一出現，大家都會唱：

三角臉，
小鐮刀，
翹屁股，
小綠袍。

然後一起玩跳繩、躲貓貓。

2

4

可ㄎㄜˇ是ㄕˋ，小ㄒㄧㄠˇ刀ㄉㄠ越ㄩㄝˋ長ㄓㄤˇ越ㄩㄝˋ高ㄍㄠ，越ㄩㄝˋ來ㄌㄞˊ越ㄩㄝˋ可ㄎㄜˇ怕ㄆㄚˋ，尤ㄧㄡˊ其ㄑㄧˊ是ㄕˋ那ㄋㄚˋ兩ㄌㄧㄤˇ把ㄅㄚˇ「小ㄒㄧㄠˇ」鐮ㄌㄧㄢˊ刀ㄉㄠ。

他ㄊㄚ的ㄉㄜ眼ㄧㄢˇ睛ㄐㄧㄥ那ㄋㄚˋ麼ㄇㄜ大ㄉㄚˋ，眼ㄧㄢˇ珠ㄓㄨ卻ㄑㄩㄝˋ那ㄋㄚˋ麼ㄇㄜ小ㄒㄧㄠˇ，他ㄊㄚ的ㄉㄜ下ㄒㄧㄚˋ巴ㄅㄚ那ㄋㄚˋ麼ㄇㄜ尖ㄐㄧㄢ，而ㄦˊ且ㄑㄧㄝˇ都ㄉㄡ不ㄅㄨˋ笑ㄒㄧㄠˋ，看ㄎㄢˋ起ㄑㄧˇ來ㄌㄞˊ好ㄏㄠˇ冷ㄌㄥˇ酷ㄎㄨˋ，好ㄏㄠˇ嚇ㄒㄧㄚˋ人ㄖㄣˊ。

跳繩的時候，
一不小心，
小刀就把繩子剪成兩段。

躲ㄉㄨㄛ貓ㄇㄠ貓ㄇㄠ的ㄉㄜ時ㄕ候ㄏㄡ ……

「捉到了！」

小刀一抱住筱琪，筱琪就痛得大叫。

「哇！我的翅膀！」

筱琪美麗閃亮的翅膀，被刮花了。

「我再也不跟你玩了！」筱琪說。

「我們也是！」其他的朋友也這樣說。

「你長得實在太可怕了。」

小刀垂下頭，不知道自己犯了
什麼錯。「我生下來，就是長這個
樣子啊。」他說。

「原來在這裡啊，
終於被我找到了。」
草叢裡，
傳來這樣的聲音。
回頭一看，
出現了比螳螂更可怕的東西。
「喂，你們別跑！」
那個東西有好多腳。

「怎麼辦？」
大家慌成一團。
「不要慌。」
小刀看起來好冷靜。
「大家往這邊跑。」

16

「是懸崖！」
「完蛋了。」
大家慌成一團。
「不要緊張。」
小刀看起來好冷靜。
小鐮刀一揮，就有了獨木橋。

18

「沒路走了。」
「救命啊!」
大家慌成一團。
「不用怕。」
小刀看起來好冷靜。
小鐮刀一揮,就有了小扁舟。

小船走得很慢，
眼看就要被追上。
「怎麼辦？」
大家慌成一團。
「有辦法。」
小刀看起來好冷靜。
兩把小鐮刀，
變成小船槳。
大家都說：
「還好還好，
你有小鐮刀。」

23

走啊走，追呀追，一座大瀑布，出現在眼前。「真糟糕！」大家慌成一團。

「大家手拉手。」小刀看起來好冷靜。

「看我的！」往上一跳，他鉤住樹枝。

大家吊在樹上，都說:「還好還好，你長得這麼高。」

24

可是，可怕的大傢伙還是追上來了，再也沒有路可逃了。

大家慌成一團，準備往下跳。

「不！先別跳。」還好，小刀很冷靜。

「等一下！」

他仔細看了看蜈蚣先生，
再仔細看看小靜，就懂了。
　　「妳的那頂帽子，
是揀來的吧？」小刀問。
　　「是啊，你怎麼知道？」
小靜回答。
　　「趕快還給人家吧！」小刀
指著蜈蚣先生的腳說。

蜈蚣先生終於找回他的鞋子，繫好鞋帶以後，就滿意的郊遊去了。

　　「萬歲！」大家好高興。這麼刺激的冒險，比躲貓貓好玩一千倍！

從此以後，
大家都愛跟小刀一起玩。
他出現的時候，
大家都會唱：

小鐮刀，
會搭橋，
划小船，
金頭腦！

而且還會切蛋糕！

34

史玉琪

　　文字工作者。曾任職於漢聲出版社、《中央日報》、《自由時報》、雲門舞集基金會、靈鷲山佛教教團。為《總裁獅子心》文字作者。著有《在藍天下跳舞》。

王　平

　　王平自幼愛好讀書，書中精美的插圖引發了他對繪畫的最初熱情，也成了他美術上的啟蒙老師。大學時，王平讀的是設計專科，畢業後從事圖書出版工作，但他對繪畫一直充滿熱情，希望用手中的畫筆描繪出多彩的世界。

　　王平個性樸實，為人熱情，繪畫風格嚴謹、細緻。繪畫對王平來說，是一種陶醉和享受，並希望通過畫筆把這種感受傳遞給讀者，帶給人們愉悅和歡樂。

馮　艷

　　生長在美麗的渤海灣邊，從小聽八仙過海的故事長大，深信長大後，自己也能夠騰雲駕霧，飛過大海。

　　懷著飛翔的夢想，大學畢業以後，走過許多城市，現在定居在北京。做過廣告設計、雕塑、剪紙、設計製作民間玩具。幾年前，開始接觸兒童圖畫書，進而迷上了圖畫書，並且嘗試繪製插圖，希望透過自己的畫，把快樂帶給大家。

兒童文學叢書

第 1 次系列

生命不能重來，童年無法NG

提供孩子生活所需的智慧維他命，
與孩子共享生命中的成長初體驗！

一套充滿哲思、友情與想像的故事書
展現希望、驚奇與樂趣的
「我的蟲蟲寶貝」！

想知道

迷糊可愛的毛毛蟲小靜，為什麼迫不及待的想「長大」？

沉著冷靜的螳螂小刀，如何解救大家脫離「怪傢伙」的魔爪？

膽小害羞的竹節蟲阿比，意外在陌生城市踏出「蛻變」的第一步？

老是自怨自艾的糞金龜牛弟，竟搖身一變成為意氣風發的「聖甲蟲」？

熱情莽撞的蒼蠅依依，怎麼領略簡單寧靜的「慢活」哲學呢？

Let's Go!

隨著蟲蟲朋友一同體驗生命中的奇特冒險

學習面對成長過程中的種種難題

成為人生舞臺上勇於嘗試、樂觀自信的主角!

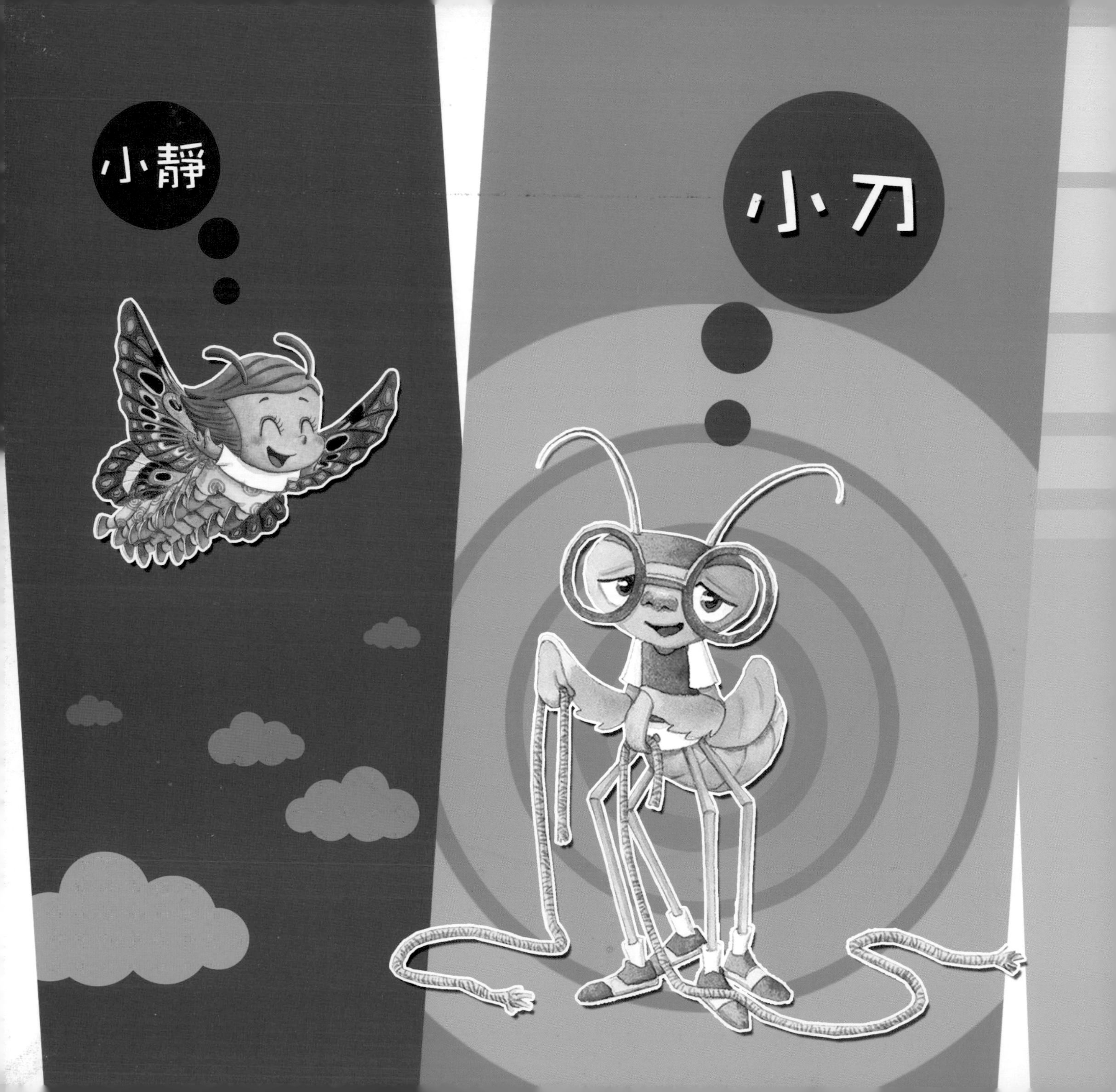
小靜
小刀